Les lapsus

Sigmund Freud

Les lapsus

Si les matériaux usuels de nos discours et de nos conversations dans notre langue maternelle semblent préservés contre l'oubli, leur emploi en est d'autant plus fréquemment sujet à un autre trouble, connu sous le nom de *lapsus*. Les lapsus observés chez l'homme normal apparaissent comme une sorte de phase préliminaire des « paraphasies » qui se produisent dans des conditions pathologiques.

Je me trouve, en ce qui concerne l'étude de cette question, dans une situation exceptionnelle, étant donné que je puis m'appuyer sur un travail que Meringer et C. Mayer (dont les points de vue s'écartent cependant beaucoup des miens) ont publié en 1895, sur les *Lapsus et erreurs de lecture*. L'un des auteurs, auquel appartient le rôle principal dans la composition de ce travail, est notamment linguiste et a été conduit par des considérations linguistiques à examiner les règles auxquelles obéissent les lapsus.

Il espérait pouvoir conclure de ces règles à l'existence d'un « certain mécanisme psychique rattachant et associant les uns aux autres, d'une façon tout à fait particulière, les sons d'un mot, d'une proposition, voire les mots eux-mêmes ». Les auteurs commencent par classer les exemples de « lapsus » qu'ils ont réunis, d'après des points de vue purement descriptifs *interversions* (par exemple : *la Milo de Vénus*, au lieu de *la Vénus de Milo*) ; *anticipations* et *empiétements d'un mot ou partie d'un mot sur le mot qui le précède (Vorklang)*.

Exemple : (es war mir auf der *Schwest...* auf der Brust so *schwer* ; le sujet voulait dire « j'avais un tel poids sur la poitrine » ; mais dans cette phrase, le mot *schwer* – lourd – avait empiété en partie sur le mot antécédent *Brust* – poitrine); *postpositions, prolongation superflue d'un mot (Nachklang)* (exemple ich fordere sie *auf, auf* das Wohl unseres Chefs AUFzustossen ; je vous invite à *démolir* la prospérité de notre chef, au lieu de : boire – *stossen* – à la prospérité de notre chef) ; *contaminations* (exemple er setzt sich auf den *Hinterkopf* [il s'assoit sur la nuque] ; cette phrase étant résultée de la fusion, par contamination, des deux phrases suivantes : er setzt sich emen *Kopf* auf [il redresse la tête] et : er stellt sich auf die *Hinterbeine* [il se dresse sur ses pattes de derrière]); *substitutions* (exemple : ich gebe die Präparate in den *Briefkasten* [je mets les préparations dans la boîte aux lettres], au lieu de : in den *Brütkasten* [dans le four à incubation]).

À ces catégories les auteurs en ajoutent quelques autres, moins importantes (et, pour nous, moins significatives). Dans leur classification, ils ne tiennent aucun compte du fait de savoir si la déformation, le déplacement, la fusion, etc. portent sur les sons d'un mot, sur ses syllabes ou sur les mots d'une phrase.

Pour expliquer les variétés de lapsus qu'il a observées, Meringer postule que les différents sons du langage possèdent une valeur psychique différente. Au moment même où nous innervons le premier son d'un mot, le premier mot d'une phrase, le processus d'excitation se dirige vers les sons suivants, vers les mots suivants, et ces innervations simultanées, concomitantes, empiétant les unes sur les autres, impriment les unes aux autres des modifications et des déformations.

L'excitation d'un son ayant une intensité psychique plus grande devance le processus d'innervation moins important ou persiste après ce processus, en le troublant ainsi, soit par anticipation, soit rétroactivement.

Il s'agit donc de rechercher quels sont les sons les plus importants d'un mot. Meringer pense que, « Si l'on veut savoir quel est dans un mot le son qui possède l'intensité la plus grande, on n'a qu'à observer soi-même pendant qu'on cherche un mot oublié, un nom, par exemple. Le premier son qu'on retrouve est toujours celui qui, avant l'oubli, avait l'intensité la plus grande ». « Les sons les plus importants sont donc le son initial de la syllabe radicale, le commencement du mot et la ou les voyelles sur lesquelles porte l'accent ».

Ici je dois élever une objection. Que le son initial d'un nom constitue ou non un de ses éléments essentiels, il n'est pas exact de prétendre qu'en cas d'oubli il soit le premier qui se présente à la conscience ; la règle énoncée par Meringer est donc sans valeur. Lorsqu'on s'observe pendant qu'on cherche un nom oublié, on croit souvent pouvoir affirmer que ce nom commence par une certaine lettre. Mais cette affirmation se révèle inexacte dans la moitié des cas. Je prétends même qu'on annonce le plus souvent un son initial faux.

Dans notre exemple *Signorelli*, on ne retrouvait, dans les noms de substitution, ni le son initial, ni les syllabes essentielles ; seules les deux syllabes les moins essentielles, elli, se trouvaient reproduites dans le nom de substitution *Botticelli*.

Pour prouver combien peu les noms de substitution respectent le son initial du nom oublié, nous citerons l'exemple suivant : un jour, je me trouve incapable de me souvenir du nom du petit pays dont *Monte-Carlo* est l'endroit le plus connu. Les noms de substitution qui se présentent sont : *Piémont, Albanie, Montevideo, Colico. Albanie* est aussitôt remplacé par *Montenegro,* et je m'aperçois alors que la syllabe *Mont* existe dans tous les noms de substitution, à l'exception du dernier.

Il me devient facile de retrouver, en partant du nom du prince Albert, celui du pays oublié : *Monaco.* Quant au nom *Colico,* il imite à peu de chose près la succession des syllabes et le rythme du nom oublié. Si l'on admet qu'un mécanisme analogue à celui de l'oubli de noms peut présider aussi aux phénomènes du lapsus, l'explication de ces derniers devient facile.

Le trouble de la parole qui se manifeste par un lapsus peut, en premier lieu, être occasionné par l'action, anticipée ou rétroactive, d'une autre partie du discours ou par une autre idée contenue dans la phrase ou dans l'ensemble de propositions qu'on veut énoncer : à cette catégorie appartiennent tous les exemples cités plus haut et empruntés à Meringer et Mayer ; mais, en deuxième lieu, le trouble peut se produire d'une manière analogue à celle dont s'est produit l'oubli, par exemple, dans le cas *Signorelli* ; ou, en d'autres termes, le trouble peut être consécutif à des influences extérieures au mot, à la phrase, à l'ensemble du discours, il peut être occasionné par des éléments qu'on n'a nullement l'intention d'énoncer et dont l'action se manifeste à la conscience par le trouble lui-même.

Ce qui est commun aux deux catégories, c'est la simultanéité de l'excitation de deux éléments ; mais elles diffèrent l'une de l'autre, selon que l'élément perturbateur se trouve à l'intérieur ou à l'extérieur du mot, de la phrase ou du discours qu'on prononce. La différence ne paraît pas suffisante, et il semble qu'il n'y ait pas lieu d'en tenir compte pour tirer certaines déductions de la symptomatologie des lapsus.

Il est cependant évident que seuls les cas de la première catégorie autorisent à conclure à l'existence d'un mécanisme qui, reliant entre eux sons et mots, rend possible l'action perturbatrice des uns sur les autres ; c'est, pour ainsi dire, la conclusion qui se dégage de l'étude purement linguistique des lapsus. Mais dans les cas où le trouble est occasionné par un élément extérieur à la phrase ou au discours qu'on est en train de prononcer, il s'agit avant tout de rechercher cet élément, et la question qui se pose alors est de savoir Si le mécanisme d'un tel trouble peut nous révéler, lui aussi, les lois présumées de la formation du langage.

Il serait injuste de dire que Meringer et Mayer n'ont pas discerné la possibilité de troubles de la parole, à la suite d'« influences psychiques complexes « par des éléments extérieurs au mot, à la proposition ou au discours qu'on a l'intention de prononcer. Ils ne pouvaient pas ne pas constater que la théorie qui attribue aux sons une valeur psychique inégale ne s'appliquait, rigoureusement parlant, qu'à l'explication de troubles tonaux, ainsi qu'aux anticipations et aux actions rétroactives.

Mais là où les troubles subis par les mots ne se laissent pas réduire à des troubles tonaux (ce qui est, par exemple, le cas des substitutions et des contaminations de mots), ils ont, eux aussi, cherché sans parti-pris la cause du lapsus *en dehors* du discours voulu et ils ont illustré cette dernière situation à l'aide de très beaux exemples.

Je cite le passage suivant : « Ru. parle de procédés qu'il qualifie de cochonneries » *(Schweinereien).* Mais il cherche à s'exprimer sous une forme atténuée et commence : « Dann sind aber Tatsachen zum *Vorschwein* gekommen. » Or, il voulait dire « Dann sind aber Tatsachen zum *Vorschein* gekommen » (« Des faits se sont alors révélés… »). Mayer et moi étions présents, et Ru confirma qu'en prononçant cette dernière phrase il pensait aux « cochonneries ». La ressemblance existant entre « Vorscheïn » et « Schweinereien explique suffisamment l'action de celui-ci sur celui-là, et la déformation qu'il lui a fait subir. »

« Comme dans les contaminations et, probablement, dans une mesure plus grande encore, les images verbales "flottantes" ou "nomades" jouent dans les substitutions un rôle important. Bien que situées au-dessous du seuil de la conscience, elles n'en sont pas moins assez proches pour pouvoir agir efficacement ; s'introduisant dans ne phrase à la faveur de leur ressemblance avec un élément de cette dernière, elles déterminent une déviation ou s'entrecroisent avec la succession des mots. Les images verbales "flottantes" ou "nomades" sont souvent, ainsi que nous l'avons dit, les restes non encore éteints de discours récemment terminés (action rétroactive). »

« Une déviation par suite d'une ressemblance est rendue possible par l'existence, au-dessous du seuil de la conscience, d'un mot analogue, *qui n'était pas destiné à être prononcé.* C'est ce qui arrive dans les substitutions. J'espère qu'une vérification ultérieure ne pourra que confirmer les règles que j'ai formulées. Mais pour cela il est nécessaire *qu'on soit bien fixé,* lorsqu'un autre parle, *sur tout ce à quoi il a pensé en parlant.* Voici à ce propos un cas instructif. M. Li., parlant d'une femme et voulant dire qu'elle lui ferait peur (« sie würde mir Furcht einjagen »), emploie, au lieu du mot *einiagen,* celui de emiagen, qui a une signification tout autre. Cette substitution de la lettre i à la lettre j me paraît inexplicable. Je me permets d'attirer sur cette erreur l'attention de M. Li. qui me répond aussitôt : "Mon erreur provient de ce qu'en parlant je pensais je ne serais pas en état, etc". (… ich wäre nicht in der Lage…). »

« Autre cas. Je demande à R. v. S. comment va son cheval malade. Il répond : "Ja, das *draut…* dauert vielleicht noch einen Monat" ("Cela va peut-être durer encore un mois"). Le mot "draut", avec un *r*, me paraît inexplicable, la lettre *r* du mot correct *dauert* n'ayant pas pu produire un effet pareil. J'attire sur ce fait l'attention de R. v. S. qui m'explique aussitôt qu'en parlant il pensait c'est une triste histoire « (das ist eine traurige Geschichte). Il avait donc pensé à deux réponses qui se sont fondues en une seule par l'intermédiaire de deux mots *(draut* provenant de la fusion de *dauert* et de *traurig).* »

Par sa théorie des images verbales « nomades », qui sont situées au-dessous du seuil de la conscience et qui ne sont pas destinées à être formulées en paroles, et par son insistance sur la nécessité de rechercher tout ce à quoi le sujet pense pendant qu'il parle, la conception de Meringer et Mayer se rapproche singulièrement, il est facile de s'en rendre compte, de notre conception psychanalytique. Nous recherchons, nous aussi, des matériaux inconscients, et de la même manière, à cette seule différence près que nous prenons un détour plus long, puisque nous n'arrivons à la découverte de l'élément perturbateur qu'à travers une chaîne d'associations complexe, en partant des idées qui viennent à l'esprit du sujet lorsque nous l'interrogeons.

Je m'arrête un instant à une autre particularité intéressante, dont les exemples de Meringer nous apportent d'ailleurs la preuve. D'après l'auteur lui-même, ce qui permet à un mot, qu'on n'avait pas l'intention de prononcer, de s'imposer à la conscience par une déformation, une formation mixte, une formation de compromis (contamination), c'est sa ressemblance avec un mot de la phrase qu'on est en train de formuler *lagen-jagen ; dauert-traurig ; Vorschein-Schwein.*

Or, dans mon livre sur la science des rêves, j'ai précisément montré la part qui revient au travail de condensation dans la formation de ce qu'on appelle le contenu manifeste des rêves, à partir des idées latentes des rêves.

Une ressemblance entre les choses ou entre les représentations verbales de deux éléments des matériaux inconscients fournit le prétexte à la formation d'une troisième représentation, mixte ou de compromis, qui remplace dans le contenu du rêve les deux éléments dont elle se compose et qui, par suite de cette origine, se présente souvent pourvue de propriétés contradictoires.

La formation de substitutions et de contaminations dans les lapsus constituerait ainsi le commencement, pour ainsi dire, de ce travail de condensation qui joue un rôle si important dans la formation des rêves. Dans un article destiné au grand public : « Comment on commet un lapsus », Meringer fait ressortir la signification pratique que possèdent dans certains cas les substitutions de mots, celles notamment où un mot est remplacé par un autre, d'un sens opposé.

« On se rappelle encore la manière dont le président de la Chambre des Députés autrichienne a, un jour, ouvert la séance : "Messieurs, dit-il, je constate la présence de tant de députés et déclare, par conséquent, la séance *close.*"

« L'hilarité générale que provoqua cette déclaration fit qu'il s'aperçut aussitôt de son erreur et qu'il la corrigea. L'explication la plus plausible dans ce cas serait la suivante dans son for intérieur, le président *souhaitait* pouvoir enfin clore cette séance dont il n'attendait rien de bon ; aussi l'idée correspondant à ce souhait a-t-elle trouvé, cela arrive fréquemment, une expression tout au moins partielle dans sa déclaration, en lui faisant dire "close", au lieu de "ouverte", c'est-à-dire exactement le contraire de ce qui était dans ses intentions.

« De nombreuses observations m'ont montré que ce remplacement d'un mot par son contraire est un phénomène très fréquent. Étroitement associés dans notre conscience verbale, situés dans des régions très voisines, les mots opposés s'évoquent réciproquement avec une grande facilité. »

Il n'est pas aussi facile de montrer dans tous les cas (comme Meringer vient de le faire dans le cas du président) que le lapsus consistant dans le remplacement d'un mot par son contraire résulte d'une opposition intérieure contre le sens de la phrase qu'on veut ou doit prononcer. Nous avons retrouvé un mécanisme analogue, en analysant l'exemple *aliquis,* où l'opposition intérieure s'est manifestée par l'oubli du nom, et non par son remplacement par son contraire.

Nous ferons toutefois observer, pour expliquer cette différence, qu'il n'existe pas de mot avec lequel *aliquis* présente le même rapport d'opposition que celui qui existe entre « ouvrir » et « clore », et nous ajouterons que le mot « ouvrir » est tellement usuel que son oubli ne constitue sans doute qu'un fait exceptionnel.

Si les derniers exemples de Meringer et Mayer nous montrent que les troubles de langage, connus sous le nom de lapsus, peuvent être provoqués soit par des sons ou des mots (agissant par anticipation ou rétroactivement) de la phrase même qu'on veut prononcer, soit par des mots ne faisant pas partie de cette phrase, extérieurs à elle et dont l'état d'excitation ne se révèle que par la formation du lapsus, nous voulons voir maintenant s'il existe entre ces deux catégories de lapsus une séparation nette et tranchée et, dans l'affirmative, quels sont les signes qui nous permettent de dire, en présence d'un cas donné, s'il fait partie de l'une ou l'autre de ces catégories.

Dans son ouvrage sur la *Psychologie des peuples*, Wundt, tout en cherchant à dégager les lois de développement du langage, s'occupe également des lapsus, au sujet desquels il formule quelques considérations dont il convient de tenir compte. Ce qui, d'après Wundt, ne manque jamais dans les lapsus et les phénomènes similaires, ce sont certaines influences psychiques. « Nous nous trouvons tout d'abord en présence d'une condition positive, qui consiste dans la production libre et spontanée d'associations tonales et verbales provoquées par les sons énoncés. »

À côté de cette condition positive, il y a une condition négative, qui consiste dans la suppression ou dans le relâchement du contrôle de la volonté et de l'attention, agissant, elle aussi, comme fonction volitive. Ce jeu de l'association peut se manifester de plusieurs manières un son peut être énoncé par anticipation ou reproduire les sons qui l'ont précédé ; un son qu'on a l'habitude d'énoncer peut venir s'intercaler entre d'autres sons ; ou, enfin, des mots tout à fait étrangers à la phrase, mais présentant avec les sons qu'on veut énoncer des rapports d'association, peuvent exercer une action perturbatrice sur ces derniers.

Mais quelle que soit la modalité qui intervient, la seule différence constatée porte sur la direction et, en tout cas, sur l'amplitude des associations qui se produisent, mais nullement sur leur caractère général. Dans certains cas, on éprouve même une grande difficulté à déterminer la catégorie dans laquelle il faut ranger un trouble donné, et on se demande s'il ne serait pas plus conforme à la vérité d'attribuer ce trouble à l'action simultanée et combinée de plusieurs causes, *d'après le principe des causes complexes.*

Ces remarques de Wundt me paraissent tout à fait justifiées et très instructives. Il y aurait seulement lieu, à mon avis, d'insister plus que ne le fait Wundt sur le fait que le facteur positif, favorisant le lapsus, c'est-à-dire le libre déroulement des associations, et le facteur négatif, c'est-à-dire le relâchement de l'action inhibitrice de l'attention, agissent presque toujours simultanément, de sorte que ces deux facteurs représentent deux conditions, également indispensables, d'un seul et même processus.

C'est précisément à la suite du relâchement de l'action inhibitrice de l'attention ou, pour nous exprimer plus exactement, *grâce* à ce relâchement, que s'établit le libre déroulement des associations. Parmi les exemples de lapsus que j'ai moi-même réunis, je n'en trouve guère où le trouble du langage se laisse réduire uniquement et exclusivement à ce que Wundt appelle l'« action par contact de sons ».

Je trouve presque toujours, en plus de l'action par contact, une action perturbatrice ayant sa source *en dehors* du discours qu'on veut prononcer, et cet élément perturbateur est constitué soit par une idée unique, restée inconsciente, mais qui se manifeste par le lapsus et ne peut le plus souvent être amenée à la conscience qu'à la suite d'une analyse approfondie, soit par un mobile psychique plus général qui s'oppose à tout l'ensemble du discours.

Amusé par la vilaine grimace que fait ma fille en mordant dans une pomme, je veux lui citer les vers suivants : Der *Affe gar* possierlich ist, / Zumal wenn er vom *Apfel* frisst.

Mais je commence : *Der Apfe...* Cela apparaît comme une contamination entre *Affe* et *Apfel* (formation de compromis) ou peut aussi être considéré comme une anticipation du mot *Apfel* qui doit venir l'instant d'après. Mais la situation exacte serait plutôt la suivante : J'avais déjà commencé une première fois cette citation, sans commettre de lapsus. Je n'ai commis le lapsus qu'en recommençant la citation, et j'ai été obligé de recommencer, parce que ma fille à laquelle je m'adressais, occupée par autre chose, ne m'avait pas entendu.

Cette répétition, ainsi que l'impatience que j'éprouvais d'en finir avec ma citation, doivent certainement être rangées parmi les causes de mon lapsus, qui se présente comme un lapsus par condensation.

Ma fille dit je veux écrire à Madame Schresinger (ich schreibe der Frau Schresinger). Or, la dame en question s'appelle Schlesinger. Ce lapsus tient certainement à la tendance que nous avons à faciliter autant que possible l'articulation, et dans le cas particulier la lettre *l* du nom Schlesinger devait être difficile à prononcer, après les *r* de tous les mots précédents (schReibe deR FRau). Mais je dois ajouter que ma fille a commis ce lapsus quelques instants après que j'ai prononcé « Apfe », au lieu de « Affe ». Or, les lapsus sont contagieux au plus haut degré, ainsi d'ailleurs que les oublis de noms au sujet desquels Meringer et Mayer avaient noté cette particularité. Je ne saurais donner aucune explication de cette contagiosité psychique.

« Je me replie comme un couteau de poche » (… wie ein Taschenmesser), veut me dire une malade au commencement de la séance de traitement. Seulement, au lieu de *Taschenmesser*, elle prononce *Tassenmescher*, intervertissant ainsi l'ordre des sons, ce qui peut, à la rigueur, s'expliquer par la difficulté d'articulation que présente ce mot. Quand j'attire son attention sur l'erreur qu'elle vient de commettre, elle me répond aussitôt « C'est parce que vous avez dit vous-même tout à l'heure *Ernscht* ».

Je l'ai en effet accueillie par ces mots : « Aujourd'hui ce sera *sérieux* (Ernst) », parce que ce devait être la dernière séance avant le départ en vacances ; seulement, voulant plaisanter, j'ai prononcé Ernscht, au lieu de *Ernst*.

Au cours de la séance, la malade commet de nouveaux lapsus, et je finis par m'apercevoir qu'elle ne se borne pas à m'imiter, mais qu'elle a des raisons particulières de s'attarder dans son inconscient, non au *mot*, mais au *nom* « Ernst » (Ernest).

« Je suis tellement enrhumée du cerveau que je ne peux pas respirer par le nez », veut dire la même malade. Seulement, au lieu de dire correctement « durch dit *Nase atmen* » (respirer par le nez), elle commet le lapsus « durch die *Ase natmen* » Elle trouve aussitôt l'explication de ce lapsus. « Je prends tous les jours le tramway dans la rue *Hasenauerstrasse*, et ce matin, alors que j'attendais la voiture, je me suis dit que, si j'étais française, je prononcerais *Asenauerstrasse* (sans *h*), car les Français ne prononcent jamais le *h* au commencement du mot. »

Elle me parle ensuite de tous les Français qu'elle avait connus, et après de nombreux détours elle se souvient qu'à l'âge de 14 ans elle avait, dans la pièce « Kurmärker und Picarde », joué le rôle de la Picarde et parlé, à cette occasion, un allemand incorrect. Ce qui a provoqué toute cette série de souvenirs, ce fut la circonstance tout à fait occasionnelle du séjour d'un Français dans sa maison. L'interversion des sons apparaît donc comme un effet de la perturbation produite par une idée inconsciente faisant partie d'un ensemble tout à fait étranger.

Tout à fait analogue, le mécanisme du lapsus chez une autre patiente qui, voulant reproduire un très lointain souvenir d'enfance, se trouve subitement frappée d'amnésie. Il lui est impossible de se rappeler la partie du corps qui a été souillée par l'attouchement d'une main impertinente et voluptueuse. Quelque temps après, étant en visite chez une amie, elle s'entretient avec elle de villégiatures. À la question : où se trouve située sa maison de M., elle répond : sur le *flanc* de la montagne *(Bergiende)*, au lieu de dire : sur le *versant* de la montagne *(Berglehne)*.

Une autre de mes patientes, à qui je demande, une fois la séance terminée, comment va son oncle, me répond : « Je l'ignore, car je ne le vois plus maintenant *qu'in flagranti.* » Le lendemain elle me dit « Je suis vraiment honteuse de vous avoir donné hier une réponse aussi stupide. Vous devez certainement me prendre pour une personne dépourvue de toute instruction et qui confond constamment les mots étrangers.

Je voulais dire *en passant.* « Nous ne savions pas encore alors quelle était la raison pour laquelle elle avait employé l'expression *in fiagranti,* à la place de *en passant.* » Mais au cours de la même séance, la suite de la conversation commencée la veille a évoqué chez elle le souvenir d'un événement dans lequel il s'agissait principalement de quelqu'un qui a été pris *in flagranti* (en flagrant délit). Le lapsus dont elle s'était rendue coupable a donc été produit par l'action anticipée de ce souvenir, encore à l'état inconscient.

J'analyse une autre malade. À un moment donné, je suis obligé de lui dire que les données de l'analyse me permettent de soupçonner qu'à l'époque dont nous nous occupons elle devait avoir honte de sa famille et reprocher à son père des choses que nous ignorons encore. Elle dit ne pas se souvenir de tout cela, mais considère mes soupçons comme injustifiés. Mais elle ne tarde pas à introduire dans la conversation des observations sur sa famille « Il faut leur rendre justice : ce sont des gens comme on n'en voit pas beaucoup, ils sont tous avares (sie haben alle *Geiz* ; littéralement : ils ont tous de *l'avarice*)... je veux dire ; ils ont tous de *l'esprit (Geist).* » Tel était en effet le reproche qu'elle avait refoulé de sa mémoire.

Or, il arrive souvent que l'idée qui s'exprime dans le lapsus est précisément celle qu'on veut refouler (cf. le cas de Meringer : « zum *Vorschwein* gekommen »). La seule différence qui existe entre mon cas et celui de Meringer est que dans ce dernier la personne veut refouler quelque chose dont elle est consciente, tandis que ma malade n'a aucune conscience de ce qui est refoulé ou, peut-on dire encore, qu'elle ignore aussi bien le fait du refoulement que la chose refoulée.

Le lapsus suivant peut également être expliqué par un refoulement intentionnel. Je rencontre un jour dans les Dolomites deux dames habillées en touristes. Nous faisons pendant quelque temps route ensemble, et nous parlons des plaisirs et des inconvénients de la vie de touriste. Une des dames reconnaît que la journée du touriste n'est pas exempte de désagréments. « Il est vrai, dit-elle, que ce n'est pas du tout agréable, lorsqu'on a marché toute une journée au soleil et qu'on a la blouse et la chemise trempées de sueur... »

À ces derniers mots, elle a une petite hésitation.

Puis elle reprend : « Mais lorsqu'on rentre ensuite *nach Hose* (au lieu de *nach Hause*, chez soi) et qu'on peut enfin se changer... » J'estime qu'il ne faut pas avoir recours à une longue analyse pour trouver l'explication de ce lapsus. Dans sa première phrase, la dame avait évidemment l'intention de faire une énumération complète : blouse, chemise, pantalon *(Hose).* Pour des raisons de convenance, elle s'abstient de mentionner cette dernière pièce d'habillement, mais dans la phrase suivante, tout à fait indépendante par son contenu de la première, le mot *Hose* (pantalon), qui n'a pas été prononcé au moment voulu, apparaît à titre de déformation du mot *Hause*.

« Si vous voulez acheter des tapis, allez donc chez Kaufmann, rue Matthàusgasse. Je crois pouvoir vous recommander à lui », me dit une dame. Je répète : « Donc chez *Matthöus...* pardon, chez *Kaufmann* ». Il semblerait que c'est par distraction que j'ai mis un nom à la place d'un autre. Les paroles de la dame ont en effet distrait mon attention, en la dirigeant sur des choses plus importantes que les tapis.

Dans la Matthäusgasse se trouve en effet la maison qu'habitait ma femme alors qu'elle était fiancée. L'entrée de la maison se trouvait dans une autre rue dont je constate avoir oublié le nom, et je suis obligé de faire un détour pour le retrouver. Le nom

Matthöus auquel je m'attarde constitue donc pour moi un nom de substitution du nom cherché. Il se prête mieux à ce rôle que le nom *Kaufmann,* puisqu'il est uniquement un rôle de personne, alors que *Kaufmann* est en même temps qu'un nom de personne, un substantif (marchand). Or la rue qui m'intéresse porte également un nom de personne *Radetzky.*

Le cas suivant pourrait être cité plus loin, lorsque je parlerai des « erreurs », mais je le rapporte ici, car les rapports de sons qui ont déterminé le remplacement des mots y sont particulièrement clairs. Une patiente me raconte son rêve un enfant a résolu de se suicider en se faisant mordre par un serpent. Il réalise son dessein. Elle le voit se tordre en proie à des convulsions, etc. Elle cherche maintenant parmi les événements du jour celui auquel elle puisse rattacher ce rêve.

Et voilà qu'elle se rappelle avoir assisté la veille au soir à une conférence populaire sur les premiers soins à donner en cas de morsure de serpent. Lorsque, disait le conférencier, un adulte et un enfant ont été mordus en même temps, il faut d'abord soigner la plaie de l'enfant. Elle se rappelle également les conseils du conférencier concernant le traitement. Tout dépend, disait-il, de l'espèce à laquelle appartient le serpent. Ici j'interromps la malade : – N'a-t-il pas dit que dans nos régions il y a très peu d'espèces venimeuses et quelles sont les espèces le plus à craindre ? – Oui, il a parlé du serpent à sonnettes (KLAPPERSChlange).

Me voyant rire, elle s'aperçoit qu'elle a dit quelque chose d'incorrect. Mais, au lieu de corriger le nom, elle rétracte ce qu'elle vient de dire. « Il est vrai que ce serpent n'existe pas dans nos pays ; c'est de la vipère qu'il a parlé. Je me demande ce qui a bien pu m'amener à parler du serpent à sonnettes. »

Je crois que ce fut à la suite de l'intervention d'idées qui se sont dissimulées derrière son rêve. Le suicidé par morsure de serpent ne peut-être qu'une allusion au cas de la belle Cléopâtre (en allemand *Kleopatra)*. La grande ressemblance tonale entre les deux mots « KLAPPERSChlange » et *Kleopatra,* la répétition dans les deux mots et dans le même ordre des lettres *KL p. r* et l'accentuation de la voyelle a dans les deux mots sont autant de particularités qui sautent aux yeux.

Ces traits communs entre KLAPPERschlange et *Kleopatra* produisent chez notre malade un rétrécissement momentané du jugement, qui fait qu'elle raconte comme une chose tout à fait normale et naturelle que le conférencier a entretenu son public viennois du traitement des morsures de serpents à sonnettes. Elle sait cependant aussi bien que moi que ce serpent ne fait pas partie de la faune de notre pays. Nous n'allons pas lui reprocher d'avoir, avec non moins de légèreté, relégué le serpent à sonnettes en Égypte, car nous sommes portés à confondre, à mettre dans le même sac tout ce qui est extra-européen, exotique, et j'ai été obligé moi-même de réfléchir un instant, avant de rappeler à la malade que le serpent à sonnettes n'avait pour habitat que le Nouveau-Monde.

La suite de l'analyse n'a fait que confirmer les résultats que nous venons d'exposer. La rêveuse s'était, la veille, pour la première fois arrêtée devant le groupe de Strasser représentant Antoine et érigé tout près de son domicile. Ce fut le deuxième prétexte du rêve (le premier a été fourni par la conférence sur les morsures de serpents). À une phase ultérieure de son rêve, elle se voyait berçant dans ses bras un enfant, et le souvenir de cette scène l'a fait penser à Gretchen. Parmi les autres idées qui viennent à l'esprit figurent des réminiscences relatives à « *Arria et Messaune* ».

L'évocation, dans les idées du rêve, de tant de noms empruntés à des pièces de théâtre permet de soupçonner que la rêveuse a dû jadis nourrir le secret désir de se consacrer à la scène. Le commencement du rêve : « Un enfant a résolu de se suicider, en se faisant mordre par un serpent » ne signifie en réalité que ceci : étant enfant, elle avait ambitionné devenir un jour une grande actrice. Du nom « Messaline », enfin, se détache une suite d'idées qui conduit au contenu essentiel du rêve. Certains événements survenus dernièrement lui font craindre que son frère unique contracte un mariage avec une *non-Aryenne,* donc une *mésalliance.*

Il s'agit maintenant d'un exemple anodin et dans lequel les mobiles du lapsus n'ont pu être tirés suffisamment au clair. Je le cite cependant à cause de l'évidence du mécanisme qui a présidé à la formation de ce lapsus. Un Allemand voyageant en Italie a besoin d'une courroie pour serrer sa malle quelque peu détériorée. Il consulte le dictionnaire et trouve que la traduction italienne du mot « courroie » est coreggia.

« Je retiendrai facilement ce mot, se dit-il, en pensant au peintre » (Correggio).

Il entre dans une boutique et demande : une *ribera.* Il n'a sans doute pas réussi à remplacer dans sa mémoire le mot allemand par sa traduction italienne, mais ses efforts n'ont pas été tout à fait vains. Il savait qu'il devait penser au nom d'un peintre italien, pour se rappeler le mot dont il avait besoin ; mais au lieu de retenir le nom *Corregio* qui ressemble le plus au mot *coreggia,* il évoqua le nom *Ribera* qui se rapproche du mot allemand *Riemen* (courroie). Il va sans dire que j'aurais pu tout aussi bien citer cet exemple comme un exemple de simple oubli d'un nom propre.

En réunissant des exemples de lapsus pour la première édition de ce livre, je soumettais à l'analyse tous les cas, même les moins significatifs, que j'avais l'occasion d'observer. Mais, depuis, d'autres se sont astreints à l'amusant travail qui consiste à réunir et à analyser des lapsus, ce qui me permet aujourd'hui de disposer de matériaux beaucoup plus abondants.

Un jeune homme dit à sa sœur « J'ai tout à fait rompu avec les D. Je ne les salue plus. » Et la sœur de répondre « C'était une jolie *liaison.* » Elle voulait dire une jolie relation-Sippschaft, mais dans son lapsus elle prononça *Lippschaft*, au lieu de Liebchaft-liaison. Et en parlant de liaison (sans le vouloir), elle exprima une allusion au flirt que son frère eut autrefois avec la jeune fille de la famille D. et aussi aux bruits défavorables qui, depuis quelque temps, couraient sur le compte de cette dernière, à laquelle on attribuait une liaison.

Un jeune homme adresse ces mots à une dame qu'il rencontre dans la rue : « Wenn Sie gestatten, Frâulein, môchte ich Sie gerne *begleitdigen.* » Il voulait dire : « Si vous permettez, Mademoiselle, je vous accompagnerais volontiers » ; mais il a commis un lapsus par contraction, en combinant le mot *begleiten* (accompagner) avec le mot *beleidigen* (offenser, manquer de respect.) Son désir était évidemment de l'accompagner, mais il craignait de la froisser par son offre. Le fait que ces deux tendances opposées aient trouvé leur expression dans un seul mot, et précisément dans le lapsus que nous venons de citer, prouve que les véritables intentions du jeune homme n'étaient pas tout à fait claires et devaient lui paraître à lui-même offensantes pour cette dame.

Mais alors qu'il cherche précisément à lui cacher la manière dont il juge son offre, son inconscient lui joue le mauvais tour de trahir son véritable dessein, ce qui lui attire de la part de la dame cette réponse : « Pour qui me prenez-vous donc, pour me faire une offense pareille *(beleidigen) ?* » (communiqué par O. Rank).

J'emprunte quelques exemples à un article publié par W. Stekel dans le *Berliner Tageblatt* du 4 janvier 1904, sous le titre : « Aveux inconscients ». « L'exemple suivant révèle un coin désagréable dans la région de mes idées inconscientes. Je dois dire tout de suite qu'en tant que médecin je ne songe jamais à l'intérêt pécuniaire mais, ce qui est tout à fait naturel, à l'intérêt du malade. Je me trouve chez une malade à laquelle je donne des soins pour l'aider à se remettre d'une maladie très grave dont elle sort à peine.

J'avais passé auprès d'elle des jours et des nuits excessivement pénibles.

Je suis heureux de la trouver mieux, et lui décris les charmes du séjour qu'elle va faire à Abbazia, en ajoutant ; « Si, comme je l'espère, vous *ne* quittez *pas* bientôt le lit. » Ce disant, j'ai évidemment exprimé le désir inconscient d'avoir à soigner cette malade plus longtemps, désir qui est complètement étranger à ma conscience éveillée et qui, s'il se présentait, serait réprimé avec indignation.

Autre exemple (W. Stekel) « Ma femme veut engager une Française pour les après-midi et, après s'être mise d'accord avec elle sur les conditions, elle veut garder ses certificats. La Française la prie de les lui rendre, en prétextant : "Je cherche encore pour les après-midi, pardon, pour les *avant-midi*." Elle avait évidemment l'intention de s'adresser ailleurs, dans l'espoir d'obtenir de meilleures conditions ; ce qu'elle fit d'ailleurs. »

Le Dr Stekel raconte qu'il avait à un moment donné en traitement deux patients de Trieste qu'il saluait toujours, en appelant chacun par le nom de l'autre. « Bonjour, Monsieur Peloni », disait-il à Ascoli ; « bonjour, Monsieur Ascoli », s'adressait-il à Peloni. Il n'attribua tout d'abord cette confusion à aucun motif profond ; il n'y voyait que l'effet de certaines ressemblances entre les deux messieurs. Mais il lui fut facile de se convaincre que cette confusion de noms exprimait une sorte de vantardise, qu'il voulait montrer par là à chacun de ses patients italiens qu'il n'était pas le seul à avoir fait le voyage de Trieste à Vienne, pour se faire soigner par lui, Stekel.

Au cours d'une orageuse assemblée générale, le Dr Stekel propose : « Abordons maintenant le quatrième point de l'ordre du jour. » C'est du moins ce qu'il voulait dire ; mais, gagné par l'atmosphère orageuse de la réunion, il employa, à la place du mot « abordons » *(schreiten),* le mot « combattons » *(streiten).*

Un professeur dit dans sa leçon inaugurale « Je ne suis pas *disposé à* apprécier les mérites de mon éminent prédécesseur ». Il voulait dire : « je ne me reconnais pas une autorité suffisante… » *geeignet,* au lieu de *geneigt.*

Le Dr Stekel dit *à* une dame qu'il croit atteinte de la maladie de Basedow (goitre exophtalmique) « Vous êtes d'un goitre *(Kropj)* plus grande que votre sœur. » Il voulait dire « Vous êtes d'une tête *(Kopi)* plus grande que votre sœur. »

Le Dr Stekel raconte encore : quelqu'un parle de l'amitié existant entre deux individus et veut faire ressortir que l'un d'eux est juif. Il dit donc « ils vivaient ensemble comme *Castor et Pollak* » (au lieu de *Pollux ; Pollak* est un patronyme juif assez répandu). Ce ne fut pas, de la part de l'auteur de cette phrase, un jeu de mots ; il ne s'aperçut de son lapsus que lorsqu'il fut relevé par son auditeur.

Quelquefois le lapsus remplace une longue explication. Une jeune femme, très énergique et autoritaire, me parle de son mari malade qui a été consulter un médecin sur le régime qu'il doit suivre.

Et elle ajoute « Le médecin lui a dit qu'il n'y avait pas de régime spécial *à* suivre, qu'il peut manger et boire ce que *je* veux » (au lieu de : ce qu'il veut). Les deux exemples suivants, que j'emprunte au Dr Th. Reik, se rapportent *à* des situations dans lesquelles les lapsus se produisent facilement, car dans ces situations on réprime plus de choses qu'on n'en exprime.

Un monsieur exprime ses condoléances *à* une jeune femme qui vient de perdre son mari, et il veut ajouter « Votre consolation sera de pouvoir vous *consacrer* entièrement *à* vos enfants. » Mais en prononçant la phrase, il remplace inconsciemment le mot « consacrer » *(widmen)* par le mot *widwen,* par analogie avec le mot *Witwe* – veuve. Il a ainsi trahi une idée réprimée se rapportant *à* une consolation d'un autre genre : une jeune et jolie veuve *(Witwe)* ne tardera pas à connaître de nouveau les plaisirs sexuels.

Le même monsieur s'entretient avec la même dame au cours d'une soirée chez des amis communs, et on parle des préparatifs qui se font à Berlin en vue des fêtes de Pâques. Il lui demande : « Avez-vous vu l'exposition de la maison Wertheim ? Elle est très bien *décolletée* ». Il a admiré dès le début de la soirée le décolleté de la jolie femme, mais n'a pas osé lui exprimer son admiration ; et voilà que l'idée refoulée en arrive à percer quand même, en lui faisant dire, à propos d'une exposition de marchandises, qu'elle était *décolletée,* alors qu'il la trouvait tout simplement très *décorée.*

Il va sans dire que le mot *exposition* prend, avec ce lapsus, un double sens. La même situation s'exprime dans une observation dont Hanns Sachs essaie de donner une explication aussi complète que possible.

Me parlant d'un monsieur qui fait partie de nos relations communes, une dame me raconte que, la dernière fois qu'elle l'a vu, il était aussi élégamment mis que toujours, mais qu'elle avait surtout remarqué ses superbes souliers *(HALBschuhe)* jaunes. – Où l'avez-vous rencontré ? lui demandai-je. – Il sonnait à ma porte et je l'ai vu à travers les jalousies baissées. Mais je n'ai ni ouvert, ni donné signe de vie, car je ne voulais pas qu'il sache que j'étais déjà rentrée en ville.

Tout en l'écoutant, je me dis qu'elle me cache quelque chose (probablement qu'elle n'était ni seule ni en toilette pour recevoir des visites) et je lui demande un peu ironiquement : – C'est donc à travers les jalousies baissées que vous avez pu admirer ses pantoufles *(HAUsschuhe)*… pardon, ses souliers *(HALBschuhe) ?* Dans le mot *HAUsschuhe* s'exprime l'idée refoulée relative à la robe d'intérieur *(HAuskleid)* que, d'après ma supposition, elle devait avoir sur elle au moment où le monsieur en question sonnait à sa porte. Et j'ai encore dît *HAUsschuhe*, à la place de *HALBnschuhe*, parce que le mot *Halb* (moitié) devait figurer dans la réponse que j'avais l'intention de faire, mais que j'ai réprimée : – Vous ne me dites que la moitié de la vérité, vous étiez à *moitié* habillée.

Le lapsus a, en outre, été favorisé par le fait que nous avons, peu de temps auparavant, parlé de la vie conjugale de ce monsieur, de son « bonheur domestique » *(hausuches* – de *Haus)*, ce qui avait d'ailleurs amené la conversation sur sa personne. Je dois enfin convenir que Si j'ai laissé cet homme élégant stationner dans la rue en pantoufles *(HAUsschuhe)*, ce fut aussi un peu par jalousie, car je porte moi-même des souliers (HALBSChUhe) jaunes qui, bien que d'acquisition récente, sont loin d'être « superbes ».

Les guerres engendrent une foule de lapsus dont la compréhension ne présente d'ailleurs aucune difficulté. « Dans quelle arme sert votre fils ? » demande-t-on à une dame. Celle-ci veut répondre : « dans la 42e batterie de mortiers » *(Mörser)* ; mais elle commet un lapsus et dit *Mörder* (assassins), au lieu de *Mörser.*

Le lieutenant Henrik Haiman écrit du front : « Je suis arraché à la lecture d'un livre attachant, pour remplacer pendant quelques instants le téléphoniste éclaireur. À l'épreuve de conduction faite par la station de tir je réponds : « Contrôle exact. Repos. » Réglementairement, j'aurais dû répondre : « Contrôle exact. Fermeture. » Mon erreur s'explique par la contrariété que j'ai éprouvée du fait d'avoir été dérangé dans ma lecture.

Un sergent-major recommande à ses hommes de donner à leurs familles leurs adresses exactes, afin que les colis ne se perdent pas. Mais au lieu de dire « colis » (GEPÄCKstücke), il dit GEPÄCKstücke, du mot *Speck* – lard.

Voici un exemple particulièrement beau et significatif, à cause des circonstances profondément tristes dans lesquelles il s'est produit et qui l'expliquent. Je le dois à l'obligeante communication du Dr L. Czeszer, qui a fait cette observation et l'a soumise à une analyse approfondie au cours de son séjour en Suisse neutre, pendant la guerre. Je transcris cette observation, à quelques abréviations près, peu essentielles d'ailleurs.

« Je me permets de vous communiquer un lapsus qu'a commis le professeur M. N. au cours d'une de ses conférences sur la psychologie des sensations, qu'il fit à O. pendant le dernier semestre d'été. Je dois vous dire tout d'abord que ces conférences ont eu lieu dans *l'Aula* de l'Université, devant un nombreux public composé de prisonniers de guerre français, internés dans cette ville, et d'étudiants, originaires pour la plupart de la Suisse romande et très favorables à l'Entente.

Comme en France, le mot *Boche* est généralement et exclusivement employé à O. pour désigner les Allemands. Mais, dans les manifestations officielles, dans les conférences, etc., les fonctionnaires supérieurs, les professeurs et autres personnes responsables s'appliquent, pour des raisons de neutralité, à éviter le mot fatal.

« Or, le professeur N. était justement en train de parler de l'importance pratique des sentiments et se proposait de citer un exemple, destiné à montrer comment un sentiment peut être utilisé de façon à rendre agréable un travail musculaire dépourvu par lui-même de tout intérêt et à augmenter ainsi son intensité. Il raconta donc, naturellement en français, l'histoire d'un maître d'école allemand (histoire que les journaux locaux avaient reproduite d'après un journal allemand) qui faisait travailler ses élèves dans un jardin et qui, pour stimuler leur zèle et leur ardeur au travail, leur conseillait de se figurer que chaque motte de terre qu'ils morcelaient représentait un crâne français.

En racontant son histoire, N. s'abstint naturellement de se servir du mot *Boche,* toutes les fois qu'il avait à parler des Allemands. Mais, arrivé à la fin de son histoire, il rapporta ainsi les paroles du maître d'école : « Imaginez-vous qu'en chaque *moche,* vous écrasez le crâne d'un Français. Donc, *moche,* au lieu de motte. »

Ne voit-on pas nettement combien le savant correct se surveillait, dès le début de son récit, pour ne pas céder à l'habitude et peut-être aussi à la tentation de lancer de sa chaire universitaire le mot injurieux, dont l'emploi avait même été interdit par un décret fédéral ? Et au moment précis où, pour la dernière fois, il échappait au danger en prononçant correctement les mots « instituteur allemand », au moment précis où, poussant un soupir de soulagement, il touchait à la fin de son épreuve – juste à ce moment-là le vocable péniblement refoulé se raccroche, à la faveur d'une ressemblance tonale, au mot motte, et le malheur est arrivé !

La crainte de commettre une gaffe politique, peut-être aussi la déception de ne pouvoir prononcer le mot habituel et que tout le monde attend, ainsi que le mécontentement du républicain et du démocrate convaincu face à toute contrainte qui s'oppose à la libre expression des opinions, se conjuguèrent donc pour troubler l'intention initiale, qui était de reproduire l'exemple en restant dans les limites de la correction. L'auteur a conscience de cette pulsion perturbatrice, et il est permis de supposer qu'il y avait pensé immédiatement avant le lapsus.

« Le professeur N. ne s'est pas aperçu de son lapsus ; du moins ne l'a-t-il pas corrigé, bien que cela se produise le plus souvent automatiquement. En revanche, les auditeurs, Français pour la plupart, ont accueilli ce lapsus avec une véritable satisfaction, comme un jeu de mots voulu. Quant à moi, j'ai suivi avec une profonde émotion ce processus inoffensif en apparence. Car Si j'ai été obligé, pour des raisons faciles à comprendre, de m'abstenir de toute étude psychanalytique, je n'en ai pas moins vu dans ce lapsus une preuve frappante de l'exactitude de votre théorie concernant le déterminisme des actes manqués et les profondes analogies entre le lapsus et le mot d'esprit.

C'est également aux pénibles et douloureuses impressions du temps de guerre que doit son origine le lapsus suivant, dont me fait part un officier autrichien, rentré dans les foyers, le lieutenant T. : « Alors que j'étais retenu comme prisonnier de guerre en Italie, nous avons été, deux cents officiers environ, logés pendant plusieurs mois dans une villa très exiguë. Durant notre séjour dans cette villa, un de nos camarades est mort de la grippe.

Cet événement a naturellement produit sur nous tous la plus profonde impression, car les conditions dans lesquelles nous nous trouvions, l'absence de toute assistance médicale, notre dénuement et notre manque de résistance rendaient la propagation de la maladie plus que probable. Après avoir mis le cadavre en bière, nous l'avons déposé dans un coin de la cave de la maison. Le soir, alors que nous faisions, un de mes amis et moi, une ronde autour de la maison, l'idée nous est venue de revoir le cadavre. Comme je marchais devant, je me suis trouvé, dès mon entrée dans la cave, devant un spectacle qui m'a profondément effrayé ; je ne m'attendais pas à trouver la bière si proche de l'entrée et à voir à une si faible distance le visage du mort que le vacillement de la lumière de nos bougies avait comme animé. C'est sous l'impression de cette vision que nous avons poursuivi notre ronde. En un endroit d'où nos regards apercevaient le parc baigné par la lumière du clair de lune, une prairie éclairée comme en plein jour et, au-delà, de légers nuages vaporeux, la représentation que me suggérait toute cette atmosphère s'était concrétisée par l'image d'un chœur d'elfes dansant à la lisière du bois de cyprès proche de la prairie.

« L'après-midi du jour suivant, nous avons conduit notre pauvre camarade à sa dernière demeure. Le trajet qui séparait notre prison du cimetière de la petite localité voisine a été pour nous un douloureux et humiliant calvaire. Des adolescents bruyants, une population railleuse et persifleuse, des tapageurs grossiers ont profité de l'occasion pour manifester à notre égard des sentiments mêlés de curiosité et de haine. La conscience de mon impuissance en face de cette humiliation que je n'aurais pas supportée dans d'autres circonstances, l'horreur devant cette grossièreté exprimée de manière aussi cynique, m'ont rempli d'amertume et m'ont plongé dans un état de dépression qui a duré jusqu'au soir. À la même heure que la vieille, avec le même compagnon, j'ai repris le chemin caillouteux qui faisait le tour de notre villa. En passant devant la grille de la cave où nous avions déposé la veille le cadavre de notre camarade, je me suis souvenu de l'impression que j'avais ressentie à la vue de son visage éclairé par la lumière des bougies. Et à l'endroit d'où j'apercevais à nouveau le parc étendu sous le clair de lune, je me suis arrêté et j'ai dit à mon compagnon : « Ici nous pourrions nous asseoir sur l'herbe *(Gras)* et chanter *(singen)* une sérénade. » Mais en prononçant cette phrase j'avais commis deux lapsus *Grab* (tombeau), au lieu de *Gras* (herbe) et *sinken* (descendre), au lieu de *singen* (chanter). Ma phrase avait donc pris le sens suivant : « Ici nous pourrions nous asseoir dans la tombe et descendre une sérénade. Ce n'est qu'après avoir commis le second lapsus que j'ai compris ce que je voulais quant au premier, je l'avais corrigé, sans saisir le sens de mon erreur. Je réfléchis un instant et, réunissant les deux lapsus, je recomposais la phrase « descendre dans la tombe » *(ms Grab sinken).* Et voilà que les images se mettent à défiler avec une rapidité vertigineuse : les elfes dansant et planant au clair de lune ; le camarade dans sa bière ; le souvenir réveillé ; les diverses scènes qui ont accompagné l'enterrement ; la sensation du dégoût et de la tristesse éprouvés ; le souvenir de certaines conversations sur la possibilité d'une épidémie ; l'appréhension manifestée par certains officiers. Plus tard, je me suis rappelé que ce jour-là était l'anniversaire de la mort de mon père, souvenir qui m'a assez étonné, étant donné que j'ai une très mauvaise mémoire des dates.

« Après réflexion, tout m'était apparu clair ; mêmes conditions extérieures dans les deux soirées consécutives, même heure, même éclairage, même endroit et même compagnon. Je me suis souvenu du sentiment de malaise que j'avais éprouvé lorsqu'il avait été question de l'extension éventuelle de la grippe, mais aussi du commandement intérieur qui m'interdisait de céder à la peur. La juxtaposition des mots « wir *könnten* ins Grab sinken » (nous pourrions descendre dans la tombe) m'a, elle aussi, révélé alors sa signification, en même temps que j'ai acquis la certitude que c'est seulement après avoir corrigé le premier lapsus *(Grab* – tombeau, en *Gras* – herbe), correction à laquelle je n'ai d'abord attaché aucune importance, que, pour permettre au complexe refoulé de s'exprimer, j'ai commis le second (en disant *sinken* – descendre, au lieu de *singen* – chanter). J'ajoute que j'avais à cette époque-là des rêves très pénibles, dans lesquels une parente très proche m'était apparue, à plusieurs reprises, comme gravement malade, et même une fois comme morte. Très peu de temps avant que je sois fait prisonnier, j'avais appris que la grippe sévissait avec violence dans le pays habité par cette parente – à laquelle j'avais d'ailleurs fait part de mes très vives appréhensions. Plusieurs mois après les événements que je raconte, j'ai reçu la nouvelle qu'elle avait succombé à l'épidémie quinze jours avant ces mêmes événements. »

Le lapsus suivant illustre d'une façon frappante l'un des douloureux conflits Si fréquents dans la carrière du médecin. Un homme, selon toute vraisemblance malade incurable, mais dont la maladie n'est pas encore diagnostiquée d'une façon certaine, vient à Vienne s'enquérir de son sort et prie un de ses amis d'enfance, devenu médecin célèbre, de s'occuper de son cas – ce que cet ami finit par accepter, bien qu'à contre-cœur. Il conseille au malade d'entrer dans une maison de santé et lui recommande le sanatorium « Hera ». – Mais cette maison de santé a une destination spéciale (clinique d'accouchements), objecte le malade. – Oh non, répond avec vivacité le médecin : on peut, dans cette maison, *faire mourir* (UM *bringen)...* je veux dire *faire entrer* (UNTERbringen*)* n'importe quel malade.

Il cherche alors à atténuer l'effet de son lapsus. – Tu ne vas pas croire que j'ai à ton égard des intentions hostiles ? Un quart d'heure plus tard, il dit à l'infirmière qui l'accompagne jusqu'à la porte : – Je ne trouve rien et ne crois toujours pas qu'il soit atteint de ce qu'on soupçonne. Mais s'il l'était, il ne resterait, à mon avis, qu'à lui administrer une bonne dose de morphine, et tout serait fini. Or il se trouve que son ami lui avait posé comme condition d'abréger ses souffrances avec un médicament, dès qu'il aurait acquis la certitude que le cas était désespéré.

Le médecin s'était donc réellement chargé (à une certaine condition) de faire mourir son ami.

Je ne puis résister à la tentation de citer un exemple de lapsus particulièrement instructif, bien que, d'après celui qui me l'a raconté, il remonte à 20 années environ. Une dame déclare un jour, dans une réunion (et le ton de sa déclaration révèle chez elle un certain état d'excitation et l'influence de certaines tendances cachées) : Oui, pour plaire aux hommes, une femme doit être jolie ; le cas de l'homme est beaucoup plus simple : il lui suffit d'avoir *cinq* membres droits ! Cet exemple nous révèle le mécanisme intime d'un lapsus par *condensation* ou par *contamination*.

Il semblerait, à première vue, que cette phrase résulte de la fusion de deux propositions Il lui suffit d'avoir quatre *membres droits* il lui suffit d'avoir *cinq sens* intacts. Ou bien, on peut admettre que l'élément *droit* est commun aux deux intentions verbales qui auraient été les suivantes il lui suffit d'avoir ses membres *droits* et de les maintenir *droits* tous les *cinq.*

Rien ne nous empêche d'admettre que ces deux phrases ont contribué à introduire, dans la proposition énoncée par la dame, d'abord un nombre en général, ensuite le nombre mystérieux de *cinq,* au lieu de celui, plus simple et plus naturel en apparence, de quatre. Cette fusion ne se serait pas produite, si le nombre *cinq* n'avait pas, dans la phrase échappée comme lapsus, sa signification propre, celle d'une vérité cynique qu'une femme ne peut énoncer que sous un certain déguisement.

Nous attirons enfin l'attention sur le fait que, telle qu'elle a été énoncée, cette phrase constitue aussi bien un excellent mot d'esprit qu'un lapsus amusant. Tout dépend de l'intention, consciente ou inconsciente, avec laquelle cette femme a prononcé la phrase. Or, son comportement excluait toute intention consciente ; il ne s'agissait donc pas d'un mot d'esprit ! La ressemblance entre un lapsus et un jeu de mots peut aller très loin, comme dans le cas communiqué par O. Rank, où la personne qui a commis le lapsus finit par en rire comme d'un véritable jeu de mots.

Un homme marié depuis peu et auquel sa femme, très soucieuse de conserver sa fraîcheur et ses apparences de jeune fille, refuse des rapports sexuels trop fréquents, me raconte l'histoire suivante qui l'avait beaucoup amusé, ainsi que sa femme le lendemain d'une nuit au cours de laquelle il avait renoncé au régime de continence que lui imposait sa femme, il se rase dans la chambre à coucher commune et se sert, comme il l'avait déjà fait plus d'une fois, de la houppe déposée sur la table de nuit de sa femme, encore couchée.

Celle-ci, très soucieuse de son teint, lui avait souvent défendu d'utiliser sa houppe ; elle lui dit donc, contrariée : « Tu *me* poudres de nouveau avec ta houppe ! » voyant son mari éclater de rire, elle s'aperçoit qu'elle a commis un lapsus (elle voulait dire tu *te* poudres de nouveau avec *ma* houppe) et se met à rire à son tour (dans le jargon viennois *pudern* – poudrer – signifie coïter ; quant à *houppe*, sa signification symbolique – pour phallus – n'est, dans ce cas, guère douteuse).

L'affinité qui existe entre le lapsus et le jeu de mots se manifeste encore dans le fait que le lapsus n'est généralement pas autre chose qu'une abréviation

Une jeune fille ayant terminé ses études secondaires se fait inscrire, pour suivre la mode, à la Faculté de Médecine. Au bout de quelques semestres, elle renonce à la médecine et se met à étudier la chimie. Quelques années après, elle parle de ce changement dans les termes suivants : « la dissection, en général, ne m'effrayait pas ; mais un jour où je dus arracher les ongles des doigts d'un cadavre, je fus dégoûtée de toute la *chimie.* »

J'ajoute encore un autre cas de lapsus, dont l'interprétation ne présente aucune difficulté. Un professeur d'anatomie cherche à donner une description aussi claire que possible de la cavité nasale qui, on le sait, constitue un chapitre très difficile de l'anatomie du crâne. Lorsqu'il demande si tous les auditeurs ont bien compris ses explications, il reçoit en réponse un *oui* unanime. À quoi le professeur, connu pour être un personnage fort présomptueux, répond à son tour : « je le crois difficilement, car les personnes qui se font une idée correcte de la structure de la cavité nasale peuvent, même dans une ville comme Vienne, être comptées sur *un doigt…* pardon, je voulais dire sur les doigts d une main. »

Le même anatomiste dit une autre fois : « En ce qui concerne les organes génitaux de la femme, on a, malgré de nombreuses *tentations* (Versuchungen)… pardon, malgré de nombreuses *tentatives* (Versuche) »...

Je dois au docteur Alf. Robitschek ces deux exemples de lapsus qu'il a retrouvés chez un vieil auteur français. Je transcris ces deux cas dans leur texte original.

« Si ay-je cogneu une très belle et honneste dame de par le monde, qui, devisant avec un honneste gentilhomme de la cour des affaires de la guerre durant ces civiles, elle luy dit : "J'ay ouy dire que le roy a faict rompre tous les c... de ce pays-là." Elle vouloit dire les *ponts*. Pensez que, venant de coucher d'avec son mary, ou songeant à son amant, elle avait encor ce nom frais en la bouche ; et le gentilhomme s'en eschauffer en amours d'elle pour ce mot.

« Une autre dame que j'ay cogneue, entretenant une autre grand dame plus qu'elle, et luy louant et exaltant ses beautez, elle luy dit après : "Non, madame, ce que je vous en dis ce n'est point pour vous *adultérer*" ; voulant dire *adulatrer*, comme elle le rhabilla ainsi : pensez qu'elle songeoit à adultérer. »

Dans le procédé psychothérapeutique dont j'use pour défaire et supprimer les symptômes névrotiques, je me trouve très souvent amené à rechercher dans les discours et les idées, en apparence accidentels, exprimés par le malade, un contenu qui, tout en cherchant à se dissimuler, ne s'en trahit pas moins, à l'insu du patient, sous les formes les plus diverses.

Le lapsus rend souvent, à ce point de vue, les services les plus précieux, ainsi que j'ai pu m'en convaincre par des exemples très instructifs et, à beaucoup d'égards, très bizarres.

Tel malade parle, par exemple, de sa tante qu'il appelle sans difficulté et sans s'apercevoir de son lapsus, « ma mère » ; telle femme parle de son mari, en l'appelant « frère ». Dans l'esprit de ces malades, la tante et la mère, le mari et le frère se trouvent ainsi « identifiés », liés par une association, grâce à laquelle ils s'évoquent réciproquement, ce qui signifie que le malade les considère comme représentant le même type. Ou bien : un jeune homme de 20 ans se présente à ma consultation en me déclarant : « Je suis le *père* de N. N. que vous avez soigné... Pardon, je veux dire que je suis son frère ; il a quatre ans de plus que moi. »

Je comprends que par ce lapsus il veut dire que, comme son frère, il est malade par la faute du père, que, tout comme son frère, il vient chercher la guérison, mais que c'est le père dont le cas est le plus urgent. D'autre fois, une combinaison de mots inaccoutumée, une expression en apparence forcée suffisent à révéler l'action d'une idée refoulée sur le discours du malade, dictée par des mobiles tout différents.

C'est ainsi que les troubles de la parole, qu'ils soient sérieux ou non, mais qui peuvent être rangés dans la catégorie des « lapsus », je retrouve l'influence, non pas du contact exercé par les sons les uns sur les autres, mais d'idées extérieures à l'intention qui dicte le discours, la découverte de ces idées suffisant à expliquer l'erreur commise.

Je ne conteste certes pas l'action modificatrice que les sons peuvent exercer les uns sur les autres ; mais les lois qui régissent cette action ne me paraissent pas assez efficaces pour troubler, à elles seules, l'énoncé correct du discours.

Dans les cas que j'ai pu étudier et analyser à fond, ces lois n'expriment qu'un mécanisme préexistant dont se sert un mobile psychique extérieur au discours, mais qui ne se rattache nullement aux rapports existant entre ce mobile et le discours prononcé. *Dans un grand nombre de substitutions, le lapsus fait totalement abstraction de ces lois de relations tomales.* Je suis sur ce point entièrement d'accord avec Wundt qui considère également les conditions du lapsus comme très complexes et dépassant de beaucoup les simples effets de contact exercés par les sons les uns sur les autres.

Mais tout en considérant comme certaines ces « influences psychiques plus éloignées », pour me servir de l'expression de Wundt, je ne vois aucun inconvénient à admettre que les conditions du lapsus, telles qu'elles ont été formulées par Meringer et Mayer, se trouvent facilement réalisées lorsqu'on parle rapidement et que l'attention est plus ou moins distraite. Dans certains des exemples cités par ces auteurs, les conditions semblent cependant avoir été plus compliquées.

Je reprends l'exemple déjà cité précédemment : Es war mir auf der *Schwest...* / *Brust* so schwer. Je reconnais bien que dans cette phrase la syllabe Schwe a pris la place de la syllabe *Bru.*

Mais ne s'agit-il que de cela ? Il n'est guère besoin d'insister sur le fait que d'autres motifs et d'autres relations ont pu déterminer cette substitution. J'attire notamment l'attention sur l'association *Schwester-Bruder* (sœur-frère) ou, encore, sur l'association *Brust der Schwester* (la poitrine de la sœur), qui nous conduit à d'autres ensembles d'idées.

C'est cet auxiliaire travaillant dans la coulisse qui confère à l'inoffensive syllabe *Schwe* la force de se manifester à titre de lapsus. Pour d'autres lapsus, on peut admettre que c'est une ressemblance tonale avec des mots et des sens obscènes qui est à l'origine de leur production.

La déformation et la défiguration intentionnelles de mots et de phrases, que des gens mal élevés affectionnent tant, ne visent en effet qu'à utiliser un prétexte anodin pour rappeler des choses défendues, et ce jeu est tellement fréquent qu'il ne serait pas étonnant que les déformations en question finissent par se produire à l'insu des sujets et en dehors de leur intention. – « Ich fordere Sie auf, auf das Wohl unseres Chefs aufzustossen » (Je vous invite à démolir la prospérité de notre chef) ; au lieu de « auf das Wohl unseres Chefs anzustossen » – « à boire à la prospérité de notre chef »).

Il n'est pas exagéré de voir dans ce lapsus une parodie involontaire, reflet d'une parodie intentionnelle. Si j'étais le chef à l'adresse duquel l'orateur a prononcé cette phrase avec son lapsus, je me dirais que les Romains agissaient bien sagement, en permettant aux soldats de l'empereur triomphant d'exprimer dans des chansons satiriques le mécontentement qu'ils pouvaient éprouver à son égard.

Meringer raconte qu'il s'est adressé un jour à une personne qui, en sa qualité de membre le plus âgé de la société, portait le titre honorifique, et cependant familier, de « senexl » ou « altes senexl », en lui disant « Prost, senex altesl ».

Il fut effrayé lorsqu'il s'aperçut de son lapsus. On comprendra son émotion, si l'on songe combien le mot « Altesl » ressemble à l'injure « Alter Esel ». Le manque de respect envers les plus âgés (chez les enfants, envers le père) entraîne de graves châtiments. J'espère que les lecteurs ne refuseront pas toute valeur aux distinctions que j'établis en ce qui concerne l'interprétation des lapsus, bien que ces distinctions ne soient pas susceptibles de démonstration rigoureuse, et qu'ils voudront bien tenir compte des exemples que j'ai moi-même réunis et analysés. Et si je persiste à espérer que les cas de lapsus, même les plus simples en apparence, pourront un jour être ramenés à des troubles ayant leur source dans une idée à moitié refoulée, *extérieure à* la phrase ou au discours qu'on prononce, j'y suis encouragé par une remarque intéressante de Meringer lui-même. Il est singulier, dit cet auteur, que personne ne veuille reconnaître avoir commis un lapsus.

Il est des gens raisonnables et honnêtes qui sont offensés, lorsqu'on leur dit qu'ils se sont rendus coupables d'une erreur de ce genre. Je ne crois pas que ce fait puisse être généralisé dans la mesure où le fait Meringer, en employant le mot « personne ». Mais les signes d'émotion qu'on suscite en prouvant à quelqu'un qu'il a commis un lapsus, et qui sont manifestement très voisins de la honte, ces signes sont significatifs.

Ils sont de même nature que la contrariété que nous éprouvons, lorsque nous ne pouvons retrouver un nom oublié, que l'étonnement que nous cause la persistance d'un souvenir apparemment insignifiant dans tous ces cas le trouble est dû vraisemblablement à l'intervention d'un motif inconscient.

La déformation de noms exprime le mépris, lorsqu'elle est intentionnelle, et on devrait lui attribuer la même signification dans toute une série de cas où elle apparaît comme un lapsus accidentel. La personne qui, selon Mayer, dit une première fois « Freuder » pour « Freud », parce qu'elle avait prononcé quelques instants auparavant le nom de « Breuer », et qui, une autre fois, parla de la méthode de « Freuer-Breud », au lieu de : « Freud-Breuer », était un collègue qui n'était pas enchanté de ma méthode. Je citerai plus loin, à propos des erreurs d'écriture, un autre cas de déformation d'un nom, justiciable de la même explication.